ROSA VALENTE

e o resgate da lua

Editora InVerso
® 2022. Editora Inverso

R. Doutor Goulin, 1523 Alto da Glória
CEP 80040-280 Curitiba-PR
(41) 3254-1616 e (41) 3558-8001
editorainverso@editorainverso.com.br
www.editorainverso.com.br
Facebook.com/editorainverso
Instagram @editorainverso

COORDENAÇÃO EDITORIAL
Cristina Jones
Editora InVerso

REVISÃO
Carlos W. Jorge

ILUSTRAÇÃO
Angélica Spadari

CAPA, PROJETO GRÁFICO, DESIGN E DIREÇÃO DE ARTE
Adriane Baldini

DADOS INTERNACIONAIS DE CATALOGAÇÃO NA PUBLICAÇÃO (CIP)
Mona Youssef Hammoud – CRB/ 9ª 1393

C331r

CARVALHO, Thiago. **Rosa Valente e o resgate da lua.**
Angélica Spadari [il.] - Curitiba. Ed. InVerso, 2022
48 p. 13 x 19cm – PTBR

ISBN: 978-65-5540-245-6

1. Poesia. 2. Cordel. 3. Sertão. 4. Fantasia.
5. Regionalismo. 6. Protagonismo feminino. I. Título

CDD: 869.91

Poesia: 869.91 Fantasia: 214.1

Aos meus pais, familiares e amigos.

A criança tem a fantasia solta.

Clarice Lispector, entrevista à TV Cultura, 1977

Bastante tempo atrás
No meu querido sertão
Em meio à seca caatinga
Entre a luz e a escuridão
Na frente dos nossos olhos
Vimos sumir a razão

Era pequeno demais
Pra de tudo me lembrar
Perdoe a memória falha
Mas juro, vou me esforçar
Pra contar de uma só vez
Tudo de que eu me recordar

Fique agora bem atento
Pois vamos seguir viagem
Adentrar essa aventura
Não fique parado à margem
Se entregue à imaginação
Confie em sua coragem

Nossa história se inicia
Num pedacinho de terra
Com coloridas casinhas
Erguidas no pé da serra
Era um lugar sossegado
Longe de tumulto e guerra

Mas um fato inesperado
Toda a rotina mudou
E aquele que ali vivia
Surpreso presenciou
A chegada da tristeza
Pois tudo se transformou

O mistério começou
Numa grande confusão
Era uma noite estrelada
Numa festa de São João
Quando tudo se apagou
Desde a lua ao lampião

O povo não entendia
O motivo da escuridão
Ninguém enxergava nada
No meio da confusão
Só se ouvia o desespero
De toda a população

Tropeçando uns nos outros
Eles foram se espalhando
Procurando por seus lares
Muitas vezes se enganando
Esbarravam nas paredes
Mas tudo foi se acalmando

Todo mundo se aquietou
Mais calmo e devagarinho
Cada um pra sua casa
Até mesmo o passarinho
Que ainda agora ali cantava
Se retirou pro seu ninho

O medo se fez presente
Ninguém podia explicar
Como é que pode isso
De tudo se apagar
Nem os mais sábios podiam
Tal mistério desvendar

No pequeno povoado
O silêncio aos poucos se deu
Todo mundo ali trancado
Observando o breu
Menos a nossa menina
Que a ordem não obedeceu

O nome dela era Rosa
O sobrenome Valente
E não por coincidência
Teve o nome de presente
Por ser desde bem pequena
Mais forte que muita gente

Os velhos contos de fada
Ela nunca quis escutar
Ficava mais encantada
Quando a avó ia contar
Do cangaço as aventuras
Que a faziam sonhar

Na escuridão da noite
Rosa ali não recuou
Apesar de assustada
Pra casa não retornou
Ficou muito pensativa
Com tudo o que se passou

"Vou fazer alguma coisa
Não posso ficar aqui
Meu povo está assustado
Não sei nem pra onde ir
O caminho está escuro
Mas eu sei que devo agir"

Rosa passou algum tempo
Para encontrar o curral
A pé não conseguiria
Achar a razão do mal
Que causou em sua terra
Essa tristeza brutal

O escuro lá parecia
Crescer a todo momento
Sem enxergar coisa alguma
Rosa não tinha mais tempo
Decidiu que era a hora
De acabar o tormento

Ligeira pulou a cerca
No seu cavalo montou
Mas teve dificuldade
Na porteira se apoiou
No seu corpinho pequeno
Coragem nunca faltou

"Vou agora descobrir
Como isso aconteceu
Quem foi e por qual motivo
A luz transformou em breu
Vou trazer de volta a lua
Pro grande céu de meu Deus"

Já em cima do cavalo
Rosa ouviu na escuridão
Uma voz desesperada
Tomada pela aflição
Que gritava por seu nome
Com tom de preocupação

"Rosinha, o que está fazendo
Venho te trazer comigo
O que te deu na cabeça?
Andar em meio ao perigo
Se estiver aí responda
Juro, sem você não sigo"

Antes de ela abrir a boca
Alguma coisa aconteceu
Algo assustou o cavalo
Que um pinote imenso deu
Desatando uma carreira
Que Rosa nunca esqueceu

Sentindo o vento no rosto
E seu cabelo a voar
Olhou pra trás de relance
Ouvindo seu pai gritar
Sentiu o peito apertando
Mas não podia voltar

Rosa não sabia ao certo
Quanto tempo tinha andado
Por se embrenhar na caatinga
Tinha seu corpo arranhado
Várias vezes no caminho
Quase despencou pro lado

Sentiu a pressa indo embora
A velocidade parando
Parece que por acaso
Tinha acabado encontrando
Por sorte ou pelo destino
O que ela vinha buscando

Quando o cavalo parou
Rosa não acreditava
Parecia um desses contos
Que a sua avó contava
Mas era só o começo
Da trama que iniciava

Não podia acreditar
No que estava em sua frente
A lua num grande pote
Amarrado de corrente
As estrelas todas presas
Numa cena comovente

Rosa desceu do cavalo
Se custando a acreditar
Que estivesse mesmo ali
Vendo a lua alguém roubar
Mas infelizmente estava
E perigos moravam lá

"O que tu fazes aqui?"
Falou bem alto uma voz
Se aproximando de Rosa
Em um tom muito feroz
Um malvado capitão
Um tirano, seu algoz

"Eu vim buscar a clareza
Que seu bando nos roubou
Tirando a lua do céu
A tristeza provocou
Hoje é festa de São João
Tudo você estragou"

Rosa se surpreendia
Com sua grande bravura
Que não vinha de sua força
Tampouco de sua altura
Mas vinha de sua alma
Gigante, bondosa e pura

"E tu acha que me assusta?
Não passa de uma criança
Sou um capitão vivido
Do mundo tiro a esperança
Esqueça da claridade
Pro seu povo ela é lembrança"

A lua, que antes brilhava
Lá ficando tristonha
Cada vez mais se apagava
Naquela noite medonha
Tão fraquinha e indefesa
Ia sentindo vergonha

"Sempre iluminei a terra
Com toda a felicidade
Nunca havia acontecido
Tamanha fatalidade
Não tive força o bastante
Me sinto até tão covarde"

As estrelas reclamando
Dentro de grandes caixotes
Já temiam pela vida
Já contavam com a sorte
E Rosa era quem podia
Salvá-las todas da morte

Rosa, sempre corajosa
Não se deixou assustar
Apesar de poucas chances
Algo tinha que tentar
Tinha que soltar a lua
Pro seu povo iluminar

"Posso ser uma criança
E tu mais forte que eu
Mas faça comigo um trato
Por tudo que aconteceu
Se eu ganhar, liberto a lua
Se tu ganhar, tudo é seu"

O capitão achou graça
E rindo dela aceitou
Já enfrentou meio mundo
Batalhar nunca hesitou
Mas naquela noite escura
A sua sorte mudou

"E o que é que me propõe?
Será que posso saber?
O que você tá pensando,
Acha que vai me vencer?
Eu aceito o seu acordo
Diga o que devo fazer"

Rosa, além de corajosa
Tinha astúcia até demais
E lembrando das charadas
Que aprendeu com seus pais
Propôs ao vil capitão:
"Ganha quem acertar mais"

Ele gostou da proposta
E o acordo aceitou
Apesar de ser tão mau
Promessa nunca quebrou
Pronto para começar
Rosa primeiro falou:

"O que enche uma casa
Mas não enche uma mão?"
Ele ficou pensativo
Com tal adivinhação
Mas em seguida falou:
"A resposta é um botão"

"Agora é a minha vez"
Disse alto o capitão
"Quanto mais quente ele está
Mais fresco se torna então"
Rosa sequer duvidou
E disse logo: "é o pão"

A lua presa assistia
A batalha acontecer
Não podia fazer nada
Só lhe restava torcer
Pras charadas de Rosinha
O homem não responder

A vez de Rosa chegou
Disse olhando no seu olho
"Anda com os pés na cabeça
É a charada que escolho"
E ele sem nem pensar
Respondeu: "é o piolho"

Desse vez o capitão
Demorou para falar
Pensava em uma charada
Difícil de adivinhar
Para fugir com a lua
Sem nada pra atrapalhar

Perguntou logo pra Rosa
Da vitória estava crente
"Costuma chegar na hora
Às vezes vem de repente
Quando vive dá trabalho
Só morta fica contente?"

Rosa parou pra pensar
Essa ela não conhecia
Olhando bem para a lua
Que quase já não se via
Toda bem encolhidinha
Chorando baixo, sofria

Então respondeu pra ele
"Se quer a resposta, tome
Se quando está viva é ruim
Mas quando se mata, some
Digo agora pra você
Que a resposta é a fome"

O duelo se estendia
Noite adentro sem ter fim
Nisso se foi muito tempo
Ninguém errava e assim
O destino parecia
Pra lua ser bem ruim

Enquanto Rosa lutava
Pra vencer o capitão
Sua família sofria
Com toda a situação
Naquela noite inclemente
Repleta de aflição

O sol já impaciente
Não poderia nascer
Tinha que trocar com a lua
A hora de aparecer
Se esse era o combinado
Já parecia não ser

Rosa agora já temia
Sem saber o que falar
Não lembrava de nenhuma
Charada pra perguntar
Quando veio à cabeça
O que iria lhe salvar

"Capitão, me ouça bem
De você quero saber
O que quanto mais aumenta
Menos conseguimos ver
Me diga se for capaz
Se não for, eu vou vencer"

O capitão concentrou
Mas nada veio a falar
Parecia que lutava
Consigo para encontrar
A resposta da charada
Para Rosa derrotar

Mas o fato é que não pôde
Tal mistério desvendar
O seu bando parecia
Não querer acreditar
Pois a resposta era fácil
E estava com eles lá

Rosa estava sorridente
Naquela situação
Quando o capitão falou
"Não encontro solução
A charada que escolheu
Não posso decifrar não"

A lua comemorava
O resultado final
Rosa havia derrotado
De forma tão genial
Aquele homem perverso
Criador de tanto mal

Foi quando ele perguntou
Bastante desapontado
A resposta do mistério
Que o havia derrotado
Algo nunca feito antes
Inédito em seu legado

"Capitão, vou te falar"
Disse Rosa tão contente
"A resposta da charada
Está bem na sua frente
É o grande mal que trouxe
Pra terra da minha gente"

"O que quanto mais aumenta
Foge da nossa visão
Cada vez nós vemos menos
Causando tanta aflição
A resposta da charada
É a grande escuridão

Agora o jogo acabou
E eu preciso retornar
Assim também como a lua
Tem saudade do seu lar
Com todas essas estrelas
Para o céu tem que voltar"

O bando do capitão
Inteiro quis intervir
Mas ele bem que sabia
Que deveria cumprir
E do acordo que fechou
Não havia de fugir

As chaves deu para Rosa
"Hoje você me venceu
Liberte a lua e as estrelas
Que esse mérito é seu
Aproveite que essa noite
Minha sorte adormeceu"

O capitão e seu bando
Procuraram paradeiro
Entraram dentro do mato
Sumindo assim tão ligeiro
Se eterno o mal parecia
Agora era passageiro

Rosa libertou a lua
Que a brilhar logo voltou
Aos poucos toda acendeu
A vista se encandeou
Mas ainda podia ver
E tudo o que viu amou

Viu a lua lá no céu
Clareando e reluzindo
Viu a luz voltar pra terra
Assistiu tudo sorrindo
O nascer da claridade
Com todo escuro sumindo

Rosa voltou para casa
O povo estava contente
A lua estava no céu
Linda e grandiosamente
Iluminava o sertão
O amor estava presente

Quando encontrou seu pai
Que chorava aliviado
O abraçou fortemente
Com todo afeto guardado
Dentro do seu coração
Que batia acelerado

Rosa não compartilhou
Com ninguém o que viveu
Mas logo se espalhou
A história que aconteceu
Diziam que era a lua
Contando o que sucedeu

Batendo papo no céu
Mandou dizer para o sol
Que espalhou para as nuvens
Que disseram ao rouxinol
Que cantou toda a história
Pra flor e pro girassol

Já contei essa história
Pra todos da minha rua
E apesar de estar contente
Conto com a ajuda sua
Pro mundo conhecer Rosa
E o resgate da lua

FIM

Sobre o autor

Railson Thiago de Carvalho Silva, potiguar nascido em Santana do Matos, Rio Grande do Norte, em 1998, é estudante de Pedagogia pela UFERSA — Universidade Federal Rural do Semi-Árido, escritor e cordelista. Apaixonado pelo universo literário, encontrou desde cedo no cordel uma maneira de contar ao mundo as histórias e aventuras que criava desde criança.

Sobre a ilustradora

Angélica Spadari Minighini
é paulistana nascida em 1991 na pequena cidade de Francisco Morato-SP. É mãe, ilustradora e tatuadora. Desde criança ama desenhar, e seu maior sonho sempre foi ilustrar livros expressando a magia do mundo infantil, com muita natureza, animais e criaturas fantásticas.

Leia também, da Editora InVerso:

LEMBRANÇAS DE LUA

Fazendo homenagem ao cordel nordestino, o livro retoma a tradição oral das contações de histórias, por meio da linguagem rimada e de expressões regionais. Sobre esse plano de fundo, encontra-se uma família sertaneja, que cotidianamente, ao anoitecer, conta suas histórias sob a companhia luminosa da Lua. É assim que a pequena narradora acaba por tornar esse imenso satélite em uma amiga confidente Conheça *Lembranças de Lua* e se transporte para uma certa noite enluarada no sertão nordestino!